这本书属于

This igloo book belongs to:

....

I Love You, Too
ISBN 978-1-78440-736-0
Copyright © 2015 Igloo Books Ltd.
Written by Melanie Joyce, Illustrated by Polona Lovsin
All rights reserved.
This edition has been published by arrangement with Igloo Books Ltd.

未经许可，不得以任何方式复制或抄袭本书的任何部分，违者必究。

北京市版权局著作权合同登记号：01-2016-6332

图书在版编目（CIP）数据

宝贝，我也爱你 / 英国冰屋出版公司著；白鸥译. —北京：化学工业出版社，2022.1
书名原文：I Love You, Too
ISBN 978-7-122-40116-8

Ⅰ.①宝… Ⅱ.①英… ②白… Ⅲ.①儿童故事－图画故事－英国－现代 Ⅳ.①I561.85

中国版本图书馆CIP数据核字（2021）第210185号

责任编辑：张素芳　　　　　　　　　　　封面设计：刘丽华
责任校对：刘曦阳　　　　　　　　　　　内文排版：盟诺文化

出版发行：化学工业出版社（北京市东城区青年湖南街13号　邮政编码100011）
印　　装：北京尚唐印刷包装有限公司
787mm×1092mm　1/12　印张 2　2024 年 3 月北京第 1 版第 1 次印刷

购书咨询：010-64518888　　　　　　　　售后服务：010-64518899
网　　址：http://www.cip.com.cn
凡购买本书，如有缺损质量问题，本社销售中心负责调换。

定　　价：28.00元　　　　　　　　　　　版权所有　违者必究

宝贝，我也爱你
I Love You, Too

（英）冰屋出版公司（Igloo Books）著
白鸥 译

暖暖爱
幼儿情商培养
绘本

化学工业出版社
·北京·

我的小懒虫,当清晨的阳光照在你的身上,你赖在床上的样子真可爱。

当你说:"妈妈,我爱你。"
我觉得那是世界上最美的声音。
现在,我想告诉你,为什么我也这么爱你。

你活力十足,喜欢到处蹦蹦跳跳。

你在花丛里滚来滚去,大声喊着:"妈妈,快看我呀!"

我们一起玩捉迷藏,还会在水坑里踩出水花。

当我追着你跑，你会兴奋地大叫，然后使劲儿向前跑。

宝贝，我爱你。无论晴天还是下雨，你都喜欢出去玩儿。

你喜欢和小伙伴们开心地笑,你们在一起真的快乐无比。

宝贝,我爱你。你总说,我讲的故事是世界上最好听的故事。

你坐在那里一动不动,安安静静地听我讲每一个字。

你给我温暖又柔软的拥抱,
就像一片吐司面包。

你的亲吻是我的最爱,
痒痒的,让我想笑。

宝贝，我爱你，就算是你流泪的时候，你还是那么勇敢。我轻轻地捧起你的脸，温柔地帮你把泪水擦干。

有时,我们一起坐在夜晚的月光下,看着月亮升起,等待黑夜降临。

你是我最珍贵的宝贝,没有谁可以和你一样。宝贝,我知道你会永远爱我,我也会永远爱你。

小兔子,我的宝贝,

我 爱 你!